U0087100

牛年‧好年‧好運

好‧好‧好

林　煥　彰

詩　畫　集

推薦序

那背影是一座行走的山

——揀擷林煥彰詩作裡的象徵

朱介英（《WAVES生活潮藝文誌》總編）

閱讀林煥彰的詩作，不難發現主體永遠游移在肯定與否定之間，他把語言的視覺用在左右閃爍之間，既不肯定，也不否定的法則，就是使用語言所具有的第二層指意性「隱喻與象徵」把詮釋拋給閱讀者，作者在正面與反面當中，埋進一個意象的小幻物（objects petit a〔a small object〕又譯為「小對體」），讓讀者覺得表面上看起來似乎在清晰地否定所描述的事物，正如「黑格爾把它稱為『世界的黑夜』，他論述的重點都是在強調『否定性是所有存在的根本』背景。」（Daly, Glyn. 2008：003）其實，這些小幻物則在潛意識裡提醒讀者，主體企圖把象徵的完整性用來瓦解否定性。隨手翻閱林煥彰本詩畫集《好牛・好年・好運》的詩作，舉目皆是。

不是想睡就能睡，我已經

站了很久——

不分晝夜；只是

白天

我可以偷懶，故意閉上眼睛

……

——〈不選擇，我是路燈〉

　　一開頭便是否定句，不是想睡就能睡，從頭到尾一直站著，不分晝夜很久很久，夜晚來臨才睜開眼睛，詩人巧妙地用簡單，但卻十分妥切的隱喻手法，說出「路燈」的宿命與無奈，隱射人活於世，有如路燈一樣，一出生便被宿命所定，永遠站立於斯，一邊睜眼、一邊閉眼、無所適從，也是唯一的選擇，當它閉眼時，唯一的選擇就是睜眼，當它睜眼時，唯一的選擇就是閉眼，在白天與黑夜來臨的交叉點上；這首詩裡，「路燈」變成一個象徵符號，以簡潔而有力的睜眼和閉眼游移在宿命給予的兩個唯一選項上，不管從哪一面解讀，都是以否定所有存在來瓦解否定。因為環繞在這些文字所描述的有形事物中間，還有一個真正代表「存在」的元素，也就是那些飄飛在潛意識中的小幻物。

　　「正如紀傑克所言，人類的生命永遠都不會『僅是生命』，它總是被一種生命的過量所維持。」（Daly, Glyn. 2008：003）用佛洛伊德的概念註解，這種過量的生命維持力就是「死亡驅力」（death drive），就「生存」的意義而言，死亡的驅力就是「生之欲」（libido）。人類的生命其實就與宇宙的生命維繫在一起，物理學家薛丁格（Erwin Schrodinger）說過一句話：「生命好像是有秩序和有規律的物質變化過程，它不是以由有序變為無序的傾向為基礎，而是部分依賴既有的秩序。」（Schrodinger, Erwin. 2016：104～105）若從微觀視覺來詮釋，生命充滿著無可預測的變異；若

從宏觀視覺來觀看，生命又隱約依循著某些規矩在運作。薛丁格提出生命依靠「負熵」維生，熱力學第二定律顯示「人一出生便走向死亡」，生命力量的最大值與熵的最大值剛好呈現相反的交叉曲線現象，兩條交叉線在某個交叉點之後，熵便朝向最大值前進，「最大熵」（maximum entropy）就是熱量轉向滅寂的關鍵值。而與最大熵互相抗衡的還有一個人們看不到、聽不到、摸不到、感覺不到的「負熵」所量度的生命力，那一股生命力普遍存在宇宙每一個方寸當中，它存在，卻沒有任何證據，無法測量，卻力大無窮左右著浩瀚的寰宇朝前運作，滔滔不絕地隨著時間大流湧向未來。於是詩人們得以在存在當中尋找對「否定」的否定性。

一條長長的蚯蚓

　　每個人都不斷地向蒼天質疑，質疑造物主給人類製造了這麼豐富的世界，但卻從來不給人類一丁點肯定的答案，到底生存擁有那麼多的思維，卻無所適從，那麼多的問題，卻沒有標準答案，林煥彰述說著：

　　　死亡，是另類
　　　哲學——

　　　上一秒，剛剛死去
　　　下一秒，接著誕生

　　　這是永恆的規律；

無須鐘錶顯示

……

——〈上一秒，下一秒〉

　　永遠找不到答案的交叉、纏繞，千迴百轉的螺旋，在靈魂深處攪起偌大的黑洞，好像時間一樣，它不存在，卻記錄著每一分、每一秒的幻象；上一秒，剛剛死去，下一秒，接著誕生，詩人用特異的觀察力量注視著第四維度（時間維度），驚詫地從內心湧出這兩句話，而這兩句話卻也為以前和以後下了最簡潔的分界線。時間並不存在，它所背負的分分秒秒，其實必須依靠生命的運作才出現，時間在何處？美國密蘇里州一位低廉雜誌的作家羅伯特・安森・海萊茵（Robert Anson Heinlein）在短篇小說〈生命線〉（Life-Line）中提到時間（或生命）是什麼：「把它想像成一條長長的蚯蚓，不斷蠕動爬過這些年歲。」（Gleick, James. 2018：117）時間好比一條長長的蚯蚓，千辛萬苦地蠕動著身軀爬過歲月，時間本質上依附在「爬過」的過程中，蚯蚓不爬的話，時間便不存在，生命如果沒有熵值的話，意義也不存在，以物理學原理來解釋，生命是一段溫度持續的過程，那過程並不是沒有意義，過程讓我們在攀爬間懂得使用與生俱來的力量。

　　所以時間是什麼？無解，它並不需要單獨存在，詩人認為「無須鐘錶顯示」，一般人認為我們緊緊抱住時間，其實，是時間緊緊抱住我們，抱住我們的記憶，欠缺記憶體，時間蕩然無存。很多文學家呼天搶地，抬頭問蒼天，為什麼不多給一點時間，還有許多許多事要做；對於上帝而言，多給一點時間，也只是讓生命多蠕動個

佈滿皺紋的幾吋黏液拓印而已。林煥彰形容得奇妙無比：

> 我的時間，有皺紋
>
> 我不知道
>
> 它的年齡；
>
> ……

──〈我的時間〉

至少，在生存的過程當中，人類留下了許多痕跡，拓印在充滿著皺紋的記憶體裡，記憶體有碳十四測量儀，把過往的經過用長短的距離標示出來，那些褪色愈嚴重的影像愈模糊，時間也就愈長遠，顏色愈鮮艷則時間愈短暫，假設真的有時間這個東西，那麼時間不是主宰生與死變動的元兇，「時間本身不是引發變動的因，比較像是一個無辜的旁觀者。」（Gleick, James. 2018：127）時間什麼也不做，只是被變動本身抓來當作標示的證據而已，況且這些標示也不是時間本身，而是與時間並存的另一個虛無的符號受體而已。

懸絲傀儡

在文學範疇中，時間是一條繫著符號邏輯（symbolic logic）的虛線，這一條虛線不斷地晃蕩在眼前，被人類當作標記著宿命的第四維度對照物。在卷三，〈五行，蜘蛛之死〉中，林煥彰描述著：

> 在暴風雨中──

我乃死之初次；

在自由與不自由

之間，選擇

——擺盪！

——〈五行，蜘蛛之死〉

　　蜘蛛之死，擺盪在暴風雨中，這個意象讓人不禁想到「懸絲淨琉璃」，這個非常典型的符號，「我們做的夢，像自導自演的木偶戲，我們手中牽著許多木偶演員的線繩，控制他們的行動和語言，但是我們並不知道這種情況。」（Schrodinger, Erwin. 2016：185）這句話意思指稱我們是懸絲傀儡的操線者，我們一無所知，但是我們也是懸絲傀儡本身，我們也一無所知，因為操線者是宿命，是無可抵擋的宿命，正如詩人的話語，有若一隻蜘蛛，懸在自己吐出的絲線末端，在暴風雨中擺盪。此時此刻，沒有人是懸絲傀儡的操線人，是意識在操控著命運，是命運在操控著命懸一線的傀儡。但是傀儡自己也一無所知。詩人們、作家們把「筆下的人物都變成傀儡，那些吊線在我們的視野中閃進閃出。」（Gleick, James. 2018：122）我們就像時間的懸絲傀儡，只能依靠回憶在過往褪色的影像裡擷取那些晃來晃去的虛線，經過這麼多的詞語意義轉換，時間就跟夢一樣，掌控著宿命，掌控著潛意識也掌控著生死，可笑的是：時間並不實質存在。

詩的張力

在時間的虛無宿命中，我們把歲月站立成一座〈弓背的橋〉：

橋，背是彎了

駝了，沒錯！

我說他是一個

了不起的，辛苦的挑夫；

他的力氣，巨大無比……

──〈弓背的橋〉

弓背的橋銜接著兩座脆弱的滑坡，一邊是過往，一邊是未來，過往留下的是不可捉摸的回憶，經過遺忘的篩子把苦難和傷感的種子篩濾出來，撒在岸上，萌芽、茁壯、吐蕊、開花、結著滿滿的燦爛果實，供人悼念；未來永遠模糊一片展現在擋風玻璃前方，風雨交加，橋身遍體鱗傷，弓著背靜默地忍受著疼痛。所有的內涵，包括宿命、生死、潛意識、生之欲與死亡的驅力，都是透過「心靈的視覺」借用詩人的筆和文字組合成為詩句透露出來，語言的能量之傳達，就是「詩的張力」（tension of poetry），評論家阿倫・泰特（Allen Tate）在《現代世界中的文學家》中有一句話解釋道：「詩的意義，全在於詩的張力；詩的張力，就是我們在詩中所能找到一切外延力（extension）和內涵力（intension）的完整有機體。」（李英豪，1966：118）就詩的張力技術而言關乎文字的表現、意義的傳達、感性的訴求、語言的內涵，以及情感的濃度，也就是直接由外延通達到內涵，而不是運用文字的堆疊技巧，架起五花八門

的空虛結構，反而築起一座高牆，把閱讀者的感情擋在牆外，簡單的文字，單純的意象，很快便可以招喚出靈魂與靈魂之間聯繫的小幻物（objects petit a），把人與人之間的集體潛意識串聯起來，把作者所要表達的心靈感受，與閱讀者的心弦激起同步共振。

詩的張力存在美麗的節奏、感性的語言、生存的共同情境、節奏流動速率、時間與空間的糾纏以及心象的對應等都是詩的張力機制，但是最大的重心並不在外在可分析的機制上，而是內在的心靈，透過語意的指涉（reference）直接喚起作者與讀者雙方之間的心裡鏡像反射應力（strain）。換句話說，詩的張力不是疊床架屋，而是情感的觀照與應力的傳達，是感性的對應，李英豪在《批評的視覺》中指出：「當情感通過嚴密的觀照與確切的表現，才能在語言張力中獲得均衡，在詩中我們……雖不需要全面理性化，但仍須秩序……。「說教」與「浪漫」，都是削弱了詩中張力的頑癖。」（李英豪，1966：126）

林煥彰的創作特質就是不理性、不說教，不浪漫、不矯飾、不戲劇性、不邏輯、不刻意、不雕鑿、不歸類、不悲情，他自承比較接近「自然主義」，閱讀他的詩，仿如走在靜寂的曠野，一任清風送爽，生意盎然，感性也是自然地從地底深處冉冉浮出，李英豪說：「一首詩就是一個大宇宙，每一個意象就是一個小世界。小世界複合成大宇宙，大宇宙包納了小世界。如果沒有小世界，大宇宙是不存在的；如果沒有大宇宙，小世界孤立的存在，亦根本一無意義。」（李英豪，1966：133）且閱讀林煥彰的自然小世界，不難透過人類集體的「通感」（correspondence）把張力傳到讀者的心靈深處。我把自己站立成一座「弓背的橋」，銜接來時的道路，望

向濛迷的未來，不正在低吟淺唱著每一顆靈魂的傷感嗎？

抒情的象徵

象徵與隱喻的差別在於作品內蘊所折射的範圍，隱喻的折射強度通常是一比一的關聯，比如赫特‧克蘭因（Hart Crane）的〈空氣植物〉中兩句：

> 這叢萎莽衰然於鹹濕的虛無上
> 倒翻的巨鱘似朝天的多臂

（李英豪，1966：126）

茫茫大地之上的空氣中，伸起倒翻大章魚的許多手臂，朝天亂舞，這個意象明喻著許多植物爭相在地球的土地上，朝天矗立，好像空氣中亂闖的莖葉；用隱喻的觀點可以感受到詩人內心當中，想像著朝冷寂的空氣中，伸出求援的雙臂揮舞，期待造物的青睞，期待蒼天能夠感受到詩人內心的孤寂。詩句裡的主體意象是叢狀揮舞的植物莖葉，比喻詩人在空氣中揮舞的期望，隱喻形而上的孤寂無援心境，是一比一的描述。

至於象徵，包含著兩種境界，一是小比大或一比多；一是托物喻志。其意義的折射強度非有理數可以計量，這說明象徵是詩作中最具摧毀性力量的張力。啟動張力的按鈕不是思考，也不是意義，而是小世界與大世界中互相糾纏的「頻率」，如洛夫《石室之死亡》第49首中有兩句：

所有的玫瑰在一夜萎落　　如同你們的名字

　　在戰爭中成為一堆號碼　　如同你們的疲倦

（李英豪，1966：157）

　　四個句子所寫的是戰爭與死亡，所有的生靈在一瞬間滅絕，所有的榮譽在砲聲中湮滅，所有的期待在一夜間落空，所有的希望在權欲下消弭；小世界是一堆冰冷的號碼，大世界是戰爭的苦難。一堆號碼對照國破家亡，一堵哭牆對照種族仇恨，一堆玫瑰對照犧牲的一個世代，一塊鐵十字勳章對照千萬條性命殞落，一面旗幟對照斷絕的民族血脈，這就是象徵。象徵因風格上的差異而呈現不同面貌，詩人洛夫的象徵殘酷血腥，向明的象徵溫婉銳利，杜甫的象徵伶仃悲壯，岳武穆的象徵壯懷激烈，周夢蝶的象徵孤絕剝離，洛夫於1975年4月11日寫給李英豪的一封信中有一段話：「每個世界中都有一個自我，每一個意象都構成一個暗示。」（李英豪，1966：61）象徵與隱喻的關鍵性按鈕就在「暗示」，而小暗示大多比較偏向隱喻，大暗示則進入象徵的境界。

　　林煥彰的詩風傾向抒情自然主義，他善用周遭順手拈來的素材，用來暗示一種小生命處於洶湧的時間暗流中蔓生的孤絕。林煥彰個性隨和，樂於與人相處，因此也造就他的創作所獨有的溫暖與和諧，然而用欣賞風景畫的眼光來掃描林煥彰的詩作，只能看到波瀾不興的湖面，感受不到漣漪底下的伏流。雖然那一道伏流以溫和的姿態在水下隱隱潛行，然而仔細觀察與擷取之下，這道伏流巨大而浩瀚，從人間直通宇宙之垠，換句話說，在林煥彰的詩裡，我們彷彿置身於大自然的時序輪迴中，就如中國詩人陶淵明和王維的

作品表象，自然對人盈溢著仁慈與善意，人也是自然大生命當中的一環，用「人」的情感與「自然」對照，自然帶著更深一層的意義，處於大寰宇的蛩音中，「人得到的勸告是將自己的存在淹沒在事物的無限洪流中，使自己的生死成為自然中不斷生、老、病、死然後再生的永久輪迴的一環。」（劉若愚，1977：77）自然與人的情感交錯，被表達在詩作當中離不開幾種元素，包括時間（time）、歷史（history）、閒逸（leisure）、鄉愁（nostalgia）、愛欲（Eros）、醉（drunk）等，詩人潛藏在無邊無際的自然中潛泳。有一種詩人走進大我無我的關照境界，而大部分詩人「他們感嘆與自然的萬古常新對照之下人生的短促。」一方面感嘆人生的變異無常，一方面在意識裡頻頻回到舊往去撈取曾經有過的美好，如醇酒、愛情、成就、閒逸等回味，而這些回味的內容其實都涵攝在「憶舊」（nostalgia）裡，因此把這些憶舊按下不表，所剩下的最鮮明內容就是對「時間」的感嘆。林煥彰這一類的詩不少，如：

夜很深。再黑再深，也難抵達
時間的終點；
……

夜的確很深，很黑很暗
我必須摸黑，再追問自己
你到了嗎？你到了嗎？

我是時間之外的唯一，

唯一的乘客？

——〈你是何許人也〉

　　在時間的洪流裡逐波浮沉，以人眼所能觀看的小世界對照整體無垠的大世界，宇宙空無一物，所有的現象轉瞬即逝，詩人從這種形而上的觀點體認到人生無常，世代交替，在季節更換、晨暮交疊的空隙裡掙扎，引發對自己青春不再的憂嘆。道家追求讓自己回歸到自然生命的無限長流中，佛家則強調體悟世間大悲，以四聖諦「苦、集、滅、涅槃」悟道，中國人的兩種最大的宗教同樣啟迪人們靜修，參透歲月無常，拋棄各種多餘的感嘆，置存在於度外。而儒家則用文字、詩詞傳達生存與思潮之間的辯證所衍生的美麗感謂。

一回頭，一轉身

我們都會看到

自己的年少，陌生的從前

或熟悉的現在，都會

逐漸走遠

有一天，我們都會抵達，那座山的背後

走進淡藍的雲天……

——〈那背影，是一座山〉

　　林煥彰的詩作，有一種心平氣和、清風徐徐的安逸表象，不像其他詩人的字裡行間流竄著哲學憂思，也沒有專業學院出身的文人那種咬文嚼字，製造出晦澀、浮誇、華麗、異境的詞藻，不過其間所飄揚的幽思，往往隱隱的勾出來自大自然深處轟轟然而來的象徵聲息，撥動著廣袤的閱讀者心靈那一條弦線，靜默地、恢宏地振盪著。

參考資料：

‧李英豪，1966，《批評的視覺》，文星書店，台北市。

‧劉若愚，1977，《中國詩學》，幼獅文化公司，台北市。

‧Daly, Glyn. 2008，〈導言：挑戰不可能〉《與紀傑克對話》（Conversations with Slavoj Zizek）by Slavoj Zizek and Glyn Daly，中譯：孫曉坤，巨流圖書股份有限公司，台北市。

‧Gleick, James. 2018，《我們都是時間旅人》（Time Travel a History），中譯：林琳，時報文化出版企業股份有限公司，台北市。

‧Schrodinger, Erwin. 2016，《生命是什麼：薛丁格的生命物理學講義》（What is Life? With Mind and Matter and Autobiographical Skitches），中譯：仇萬煜、左蘭芬，貓頭鷹出版，台北市。

推薦序
隨兒童文學家林煥彰走近文學心田

羅文玲（明道大學國學研究中心主任）

序曲

　　小女柔柔已經是大學生了。她從小喜歡畫畫、喜歡貓咪、喜歡狗狗，也喜歡讀繪本童書，從小隨著我參與「濁水溪詩歌節」的活動，在辦活動過程中認識好多詩人爺爺，詩人林煥彰爺爺是她極為喜愛的兒童文學家。

　　有一年，我帶著柔柔準備回迪化街，在捷運雙連站馬偕醫院前巧遇煥彰老師，老師站在街頭隨手拿出一張卡片畫了一隻貓咪送給柔柔，還信手拈來寫了一首關於貓咪的詩，喜歡貓咪的柔柔愛不釋手，之後陪著她大量閱讀煥彰爺爺的童詩，連結起畫動物的詩人林煥彰。

　　充滿趣味性的詩，跟著生肖主題的精采繪畫是煥彰老師獨特的風格，讓孩子們很自然靠近文學靠近生命的觀察。這些年，在明道大學或者福建的詩歌活動，蕭蕭老師總會邀約林煥彰老師同行，古琴村、武夷山、閩南師大，連結起珍貴而溫馨的情誼。

2015羊年　帶來人的吉祥

　　2015那一年的閩南詩歌節，以茶與琴為主題，2015年4月2日

　　我們相遇在漳州長泰縣龍人古琴村，福建閩南師範大學林繼中前校長、黃金明院長，北京作家協會著名詩人安琪、燎原，詩人林煥彰老師、蕭蕭老師、明道大學書法家陳維德講座教授、李憲專老師，一行來到龍人古琴文化村，在香樟樹下，以琴、茶、書、畫為題，舉辦「文人雅集」，品賞詩歌、茶香，聆聽古琴音樂，創造著「美麗的價值」！

　　在老樟樹下，閩南師大林繼中校長，為所有與會者說詩說文學教育的重要，文人風骨與氣韻，讓所有在場的人儼然身處五四時代的大學課堂。

　　蕭蕭老師，即席創作了一首新詩〈古琴村的老樟樹〉，在涼風徐徐中，聽著詩人朗誦詩歌，心也清涼了。「我68歲，他1000歲，我靜靜抱著他。當我1000歲時，大約我也不認識那些抱著我的人。」蕭蕭老師寫古琴村的老樟樹，傳神的將千年香樟樹的翠綠與巨大表現出來。讀詩的兒童文學專家林煥彰老師，彈撥古琴演奏高山流水的錦冰老師，在福建龍人古琴村進行一場特別的文人雅集。

　　煥彰老師，拿起書法家的筆，跪在地上自在揮灑毛筆，畫下了吉羊圖案，並寫下了「活著寫詩　死了　讓詩活著」，傳遞著文學生生不息的力量呀！

　　草木中人最有情，在千年老香樟樹下，隨風飄揚的花，花香四溢，聽琴悠揚，一切都可以如實，如實自在。

　　七月，2015的七月閩南師範大學文學院在明道參加「文學研習營」，我們邀約煥彰老師講「撕貼畫‧拼貼詩——你也可以這樣玩」，他以撕貼畫帶著閩師大學生貼出一首詩。文學原屬人類生命最精微細膩的表現，充盈人類心靈最敏銳易感的悸動，飽含存在意

義、生命意義的觀照與探索。因此文學作品能夠透過同體共感的共鳴，讓個人生命與人類整體生命，乃至大宇宙的生命，取得貫串彼此的繫聯與呼應。透過文學能夠將作者的生命經驗或人類文明的共通經驗，內化為讀者的精神內涵、生存意志與生命力量。

2016猴年　帶來生命的活潑生動

2016年3月適逢明道大學建校15週年，蕭蕭老師帶著國學所設計策畫了「諸侯祝福·千猴報到·林煥彰千猴圖展」以及一系列的圍繞著煥彰老師的畫猴以及演講活動，安排了明道幼兒園的小朋友們「林爺爺教你畫猴子」，兩個小時的時間，小朋友或坐或站或趴在地板上，真的畫出有故事性的猴子，小朋友隨著畫說出畫裡的故事，充滿趣味性的課堂。

明道附近的八卦山有二水獼猴自然保護區，我們帶著閱讀寫作班的學生一起陪著林煥彰老師與千猴對望，學生也開心記錄著沿途所見的人與猴子互動風光。回到教室，煥彰老師對著大學生以及中學國文老師演講「十二生肖教學演講」，為猴年的三月校慶活動注入許多有趣珍貴的回憶。活潑了明道幼兒園教學，也增強「閱讀與書寫」計劃學生繪畫與製作海報能力，更協助中學國文科教師增能。

趣味，讓閱讀與寫作多了許多生命力。

2018狗年　帶來忠誠的詩的堅持

2017年歲末，明道大學囑咐我主持設計2018年詩歌月曆，主題是「濁水溪詩歌節十年回顧」，我重新整理梳理十年走過的詩歌活

動足跡，整理過去十年活動精彩照片，從幾百張照片中挑選經典照片12張，其中十月份以林煥彰老師為主題，挑選古琴村的文人雅集照片，月曆上的文字是：

> 明道大學跨越海峽抵達漳州辦理閩南詩歌節，詩人林煥彰在福建龍人古琴文化村的千年香樟樹下，以詩以畫繫連兩岸親情。

古琴村林煥彰跪在地上畫羊的照片，詩人凝神專注，令人動容。月曆印製完成之後，我以快遞寄送煥彰老師，過幾天收到回信了：

「文玲所長晚安：

承蒙您悉心安排照顧，我佔了好多篇幅；所選照片，我也很喜歡。非常感謝您。

這幾年有機會跟著您們走，獲益良多。十分榮幸，銘感於心。

祝福

煥彰敬上」

是啊，這些年跟著蕭蕭老師，策畫海峽兩岸詩歌活動，所以認識並與煥彰老師相遇在許多場域中。每一次的相遇，煥彰老師總是充滿童心與豁達自在，很像現代老頑童般瀟灑，記得2018年5月前往武夷山的旅途，飛機起飛往武夷山十分鐘前，他突然發現將隨身行李遺忘在候機室咖啡廳裡，但他依然淡定不驚惶，人在窘途，煥彰老師卻說就讓行李安靜待在廈門幾天吧！真的，那行李真的靜靜

地躺在廈門機場三天，後來的三日武夷山的講詩行程，老師依然悠然自得在山林間，不得不令人佩服啊！

　　平常的日子偶爾會收到老師LINE上給我的詩，讀詩讓生活裡多了趣味，例如夏天暑熱，收到這樣的一首詩：

　　〈夏天趕走春天〉

　　很熱很熱，春天說；

　　一年四季，春夏秋冬

　　各有三個月；不知是誰規定的，

　　很公平。

　　不過，春天總是慢慢來

　　夏天不一樣，他是用跑的

　　他一來，就很熱很熱的

　　把春天趕走！

（2018.05.17／23:30研究苑）

2019豬年　帶來單純的價值

　　或者，我奔忙在行政公務中，收到〈小蝸牛，慢慢走〉，也會停下腳步，學小蝸牛，慢一點：

　　〈小蝸牛，慢慢走〉

　　小蝸牛，慢慢走

這是一種修養；

慢慢走，慢慢走
有慢慢走的好處；
小蝸牛，常常會
自言自語，自己對自己
說，你是聽不到的

就是不要你聽到；
這是一件很重要的事，
為什麼要讓你知道？

今天，是小蝸牛的生日
牠對自己說，
慢慢走，慢慢走
我要把今天當作一年過，
要慢慢走，
慢慢走……

（2019.04.17／07:22研究苑）

2021牛年　好牛‧好年‧好運

　　經過整整一年新冠病毒的干擾，牛年伊始，收到煥彰老師的最新詩集稿件，囑託我寫序，這是他生肖詩畫集系列第七本書，很幸運的我從羊年開始，年年不中斷的閱讀煥彰老師的生肖詩集，新冠

肺炎的疫情，讓所有人都只能待在台灣旅行，無法自如出國，靜居時間延長，可以靜心讀詩閱讀，日日收到老師在LINE上或者微信上分享的詩，感到特別歡喜而珍貴。

牛，對於華人而言是吉祥的動物，牠代表耕耘與勤勞樸實，牛年，且讓我們隨著老師的作品，耕耘心田，長養諸善根與智慧心。

牛年，期許是陽光的一年，如同2021年3月春暖收到的作品，

　　影子常常，對
　　太陽說：
　　我來了！

（2021.03.03／05:26研究苑）

　　影子愛玩，他喜歡
　　和光
　　　做朋友。

（2021.03.03／05:41）

這些年來隨著蕭蕭老師推展詩歌節以及兩岸文化交流活動，閱讀煥彰老師的詩歌，深刻感受到要讓孩子接觸詩歌、繪畫、音樂，讓孩子的心靈填滿高尚的情趣。我一直相信這些高尚的情趣會支撐孩子的一生，能夠讓孩子遇艱險時，在最嚴酷的冬天也不會忘記玫瑰的芳香。誠如老師常說，理想會使人出眾。在煥彰老師的詩畫中，看見詩歌傳遞生活裡發現趣味，時時發現生活的美好與光明。

這些年與煥彰老師接觸，感受到「開心」：讓心迎向光明與快

樂。「開悟」：在文字及生活中領悟，成為自己生命的亮光。生命的過程就應該是這樣開心，開悟，讀煥彰老師手機傳來的短詩，也感受煥彰老師隨緣隨時為有緣人開示。面對生命所有的遇見，用兒童單純的口吻，展示了人間處處皆有溫情、趣味，呈現出生命豁達自在的人生智慧。他用靈魂深處的力量勾起我們的詩心，創造了人性裡的「單純的價值」！

單純的人會有恆久的幸福，祝福煥彰老師活力犇放，牛年，好運好年。

CONTENTS

推薦序　那背影是一座行走的山
　　　　——揀擷林煥彰詩作裡的象徵／朱介英　002
推薦序　隨兒童文學家林煥彰走近文學心田／羅文玲　015

卷頭詩　028

卷一　老鼠的春天

你是何許人也　030

剪燈・夜在鼓浪嶼　032

夜失眠，我醒著　034

ㄟㄟㄟ，我看到的　035

火車、鐵支路與我　036

腳下的行程　038

驚嘆號和問號——最難過的一個年的第一號　040

我在胡思　042

上一秒，下一秒　044

用心點燈——兼致名醫李文亮大夫　045

瞬間與永恆　046

春天安好——我想遠方的朋友　048

卷二 鏡中鏡之中

時間的腳步聲　050

心痛，新冠肺炎疫情蔓延──　051

鏡借，鏡中鏡　052

老鼠當家　054

睡與醒之間　055

春天，雨中行　056

有陽光，風是綠色的　057

死亡是不存在的──是你哲學命題的練習之一　058

那背影，是一座山──是你哲學命題的練習之二　060

下雨天，怎麼說　062

童年，紅色的小蜻蜓　064

有陽光，正好　066

禪思，人間事　067

空／禪　068

禪，什麼　068

禪／問　069

禪非禪　069

禪不禪　069

禪未禪　070

禪即禪　070

詩，也被確診　071

因為不在　072

最後封棺　073

你不走，我走──致新冠肺炎病毒　074

蝙蝠，什麼都不是　076

新冠，每個國家都參賽　078

睡眠兩段式　081

卷三　詩，轉身——

夜是屬於——　084

我的時間　086

心中，風中雨中　087

禪，戲說　088

媽媽星　089

假設，就是真的
　　　　——人類要謙卑，人與人要相親相愛，
　　　　　　國與國要互助合作……　090

不選擇，我是路燈　092

雨中行（一）　093

雨中行（二）　093

我在想　094

水雕——詩，靜坐冥思之一　094

333，三個m趴著　095

火吻——詩，靜坐冥思之二　096

金定——詩，靜坐冥思之三　097

木相——詩，靜坐冥思之四　098

土土——詩，靜坐冥思之五　099

它們在開會　100

影子的腳踏車　102

五行·蜘蛛之死　104

高山上的明月　105

找時間，先說說時間　106

卷四　蝴蝶三夢

蝴蝶三夢　110

我愛，對牛彈琴　112

楓樹家族　113

烏雲，無聊的種種

　　——謹向法‧亨利‧卡蒂耶‧布列松致敬　114

弓背的橋　118

夏日午後　119

雲遊，七天九天之外　120

時間，我走過　121

初鹿，纍鹿迷路　122

海，地球只有一顆　123

天上的雲　124

今天的我　126

詩，轉身——　127

詩，回頭——　128

卷五　我的月份

八月，我的月份　130

世事紛飛　132

月亮，天空的眼睛　134

奔馳！再奔馳，不是問題　135

夜裡的想／睡前的想　136

我走過，我走走看看……　137

卷六　密碼和密語

極機密，密碼和密語　140

想想，有什麼不好　141

海，永遠年輕　142

解讀，龍潭湖面的皺紋　144

孤獨的重複　145

會移動的樹　146

心想‧心相　147

大鵬在天之夢　148

白鷺在老街溪　150

那棵老龍眼樹　151

我和山和海　152

寫一首詩　154

我是獨行者　155

喜怒哀樂空與禪（三行10首）　157

雪也要避冬　160

在思想中行走　161

心靈的終點　163

【編後記】詩，我活著的記錄
　　　　　──牛年生肖詩畫集《好牛‧好年‧好運》　164

卷頭詩

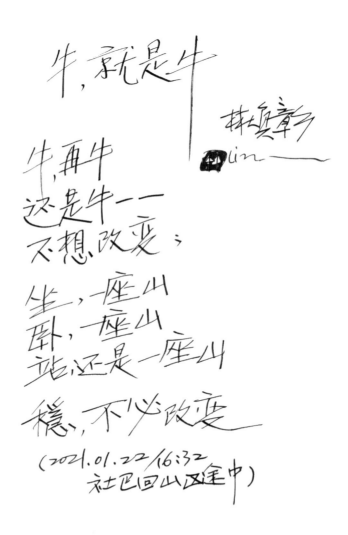

牛，就是牛

牛，再牛
还是牛——
不想，改变；

坐，一座山
卧，一座山
站，还是一座山

稳，不必改变

（2021.01.22/16:32
社巴回山谷途中）

林煥彰
lin

老鼠的春天

這是今年的春天，庚子年的／老鼠的春天！

你是何許人也

夜很深。再黑再深，也難抵達
時間的終點；

我必須召喚自己，在夢的入口
入與不入
誰來決定，這件平常事？
迷迷糊糊，算是幸福⋯⋯

人生不宜太清醒，
生命總是單向，時間
永遠是單程
如果我是
其實就是，我是它的乘客
卻也不是唯一的；
人人都是，盲目
也是忙碌的
乘客，總是坐不安穩⋯⋯

我必須召喚自己，必須
頻頻追問：到站了嗎？
我到了沒有？

我是清醒的嗎？我再問問我自己，

別錯過了該下的站；

夜的確很深，很黑很暗

我必須摸黑，再追問自己

你到了嗎？你到了嗎？

我是時間之外的唯一，

唯一的乘客？

我到了，這件事

是很重要的；你就在西街等我，

我不知道，你是何許人也

為什麼要等我！為什麼

不是東街，不在東街……

（2020.01.04／01:48研究苑）

剪燈・夜在鼓浪嶼

剪燈。夜將分成兩半，

寂靜與孤單——

走過鼓新路

走過安海路

龍頭路泉州路，也走過

還穿過筆山洞……

這夜是黑的，沒什麼遊客

要是有魚

都該游回海裡……

（2020.01.09／07:56黑檀酒店205）

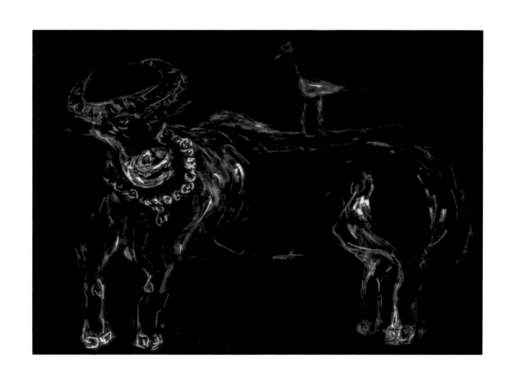

夜失眠，我醒著

剪燈之後，鼓浪嶼的夜

就更長了

──和黎明連結，一天

可當兩天……

夜裡走過，白天還可再走；

在暖冬的陽光下，我又走了

鼓新路龍頭路鹿礁路福州路……

再走就是午後，再不走

鼓浪嶼就該留我……

（2020.01.10／14:58金門金城）

飞飞飞，我看到的

是愛妳愛你，
是2020，金門暖冬
夕陽鍍金的金門
浯江的天空，我看到的
飞飞飞，飞飞飞，飞飞飞，飞飞飞，
飞飞飞，飞飞飞，飞飞飞，飞飞飞～～～～～～

鸕鶿的翅膀，每隻都是上升的
不停的飛翔，
在降落之前，該有的總會有
我看到的
鸕鶿

飞飞飞，飞飞飞

飞飞飞，飞飞飞

飞飞飞，飞飞飞

飞飞飞，飞飞飞

飞飞飞，飞飞飞

飞飞飞，飞飞飞

成千上萬，千千萬萬……

（2020.01.12／17:10胡思西南店）

火車、鐵支路與我

我的年代，越去越久遠

慢吞吞的燒煤的

火車，回到我的年代

現在，區間車莒光號國光號

普悠瑪──

不屬於我的時間，飛得更快

飛快的我的年代，去得更遠！

以前的鐵支路火車走的，我也走

我小時候就當它是天梯，

可以走到天上；去外婆家的時候，

媽媽都是帶著我

走鐵支路──

童年，我是用跳的

不只腿短，也因為興奮

可以去外婆家，還想著有一天

我應該也可以真正走到天上──

天上，就是天堂

這個夢，是我常做的

以前的美夢——

現在就不一定做得到；

至少，我是已經不能了

不能再走鐵支路——

區間車莒光號國光號，還有

不叫號的

普悠瑪，飛快

可能真的就會把我送上天堂……

（2020.01.14／07:37研究苑）

腳下的行程

人生的行程，每個人都有
自己的；有心中的，
也有腳下的行程；

我心中的行程，很複雜
常常會改變；我腳下的行程
比較單純
──卻很慢很慢，
又要聽我心中的
行程安排！

我心中的行程，一會兒會靠東
又一下會靠西，有時
一會兒會在南，一會兒在北；
只要你想得出來，
他都會有能力到達，
輕而易舉；

我腳下的行程，的確
很慢很慢，但它是踏實的
會一步步走出去，也會

一步步走出來……

人生，一定要有夢

夢想我的夢想，就交給

心中的行程；

人生，一定要踏實──

踏實的，就交給腳下

不要嫌它慢；我一生都這樣，

要靠它……

（2020.01.15／11:59捷運剛過台北橋。要去迴龍）

驚嘆號和問號
──最難過的一個年的第一號

！這是驚嘆號，

我知道；

？這是問號，

我也知道；

我不知道的是

大家都在搶，救命的口罩！

我能搶什麼？

庚子年春節，應該喜喜樂樂，

為什麼會有隱形魔王出現？

又為什麼，牠可以戴著皇冠？

牠是超級強悍的肺炎病菌，

可人傳人，任疫情迅速擴散

我真不懂！是否有個老饕，

他好吃了什麼──

孔雀、蝙蝠……各種野味？

我真的不懂！所以，我有很多

問號和驚嘆號

？號，？？？……

！驚嘆號，！！！……

我——收集在心上。

（2020.02.01／08:51研究苑）

我在胡思

我在胡思。我常常在
胡思；我的貓，牠總是第一個
提出質問，我都默認
胡思，胡思……
我非亂想也，想想有何不可

這裡，純屬一個書香門第
每本書都是我的朋友；
這裡，有音樂
這裡有我尊敬的
孔子，和我喜愛的詩聖、詩仙
和詩神；
李白、杜甫、王維……
泰戈爾、佛洛斯特……
柏拉圖、蘇格拉底……
我喜歡常常和他們在一起；
他們不一定都會喜歡我，
沒有關係

想想，沒關係
想想，就好；

想想我的胡思，想想

寫一首詩，想想

喝一杯咖啡，想想

雙鶴靈芝；想想

我向我的貓保證，

我晚上就不必再熬夜，想想

我會在睡覺之前寫好一首詩，想想

這就是我在胡思胡思

做了最好的準備……

（2020.02.01／18:20在胡思二手書店·南西店）

上一秒，下一秒

死亡，是另類

哲學──

上一秒，剛剛死去

下一秒，接著誕生

這是永恆的規律；

無須鐘錶顯示……

（2020.02.02／01:26研究苑）

用心點燈
——兼致名醫李文亮大夫

每個人心中都有

一盞燈，我時時點著

不止要照亮自己——

密閉的心地……

我時時想著，日夜想著

想我的一生，都要

用心點它，

讓它成為一盞天燈，

升上天空，夜夜都在

天上…………

（2020.02.07／11:31庚子元宵前夕。研究苑）

瞬間與永恆

瞬間與永恆，

有什麼差別？

真愛與珍愛，

沒有時間的長短；

我給你一瞬間，可以保證

你給我永恆，

永恆，我不知道有多久？

我沒有時間概念，

時間也沒有概念；

祂自己不知道

多久才算永恆？

我給你永恆，我不敢保證；

你給我一瞬間，

我們時時都可以實現……

（2020.02.09／22:38研究苑）

春天安好
——我想遠方的朋友

春天可好？春天安好；

她，獨自享受自己的春天！

春天安好，有花該開的

她們都開了！

我躲在屋裡，透過玻璃窗的眼睛

我看到她們，她們都笑開了

呵呵的笑聲，把緊閉的窗戶

都搖響了！

這是今年的春天，庚子年的

老鼠的春天！

（2020.02.11／09:20研究苑）

鏡中鏡之中

今天，我看到／鏡中鏡，有無限向度／不是意外，也是意外

時間的腳步聲

在太陽還未起床之前，我聽到

時間的腳步聲，

它不是來自鐘錶，鐘錶是

一種機器，我說的是

生命，是呼吸

是感覺

是我的時間，我遠去的

消逝的時間；我在悼念它──

回不去的昨日，

回不去的無聲，我在心裡聽到

和我的心跳一致，

我不希望它消失，

我希望我活著，和它一樣

我活著，我聽到的

時間的腳步聲……

（2020.02.15／05:03研究苑）

心痛，新冠肺炎疫情蔓延——

吹哨的走了，走遠了——

吹嗩吶的接棒，

一團接一團……

站在路邊的

送行的人，越來

越稀少……

（2020.02.21／10:47研究苑）

鏡借，鏡中鏡

借鏡，我站在你面前

你是我的鏡子；

你也可以站在我面前，

我也可以是你的；

你鏡中有我，我鏡中有你──

我在你鏡中，我看到

我中也有你……

今天，我看到

鏡中鏡，有無限向度

不是意外，也是意外

現實中，我們都是平面的

平面的鏡中鏡之中，

有無限幻象，幻象是存在的

我們同時存在，不存在的幻象中

視而不見的，可以想像

我喜歡借鏡，我想像我的

在鏡中鏡之中

我也同時在想像你的，我們的……

（2020.02.16／05:58研究苑）

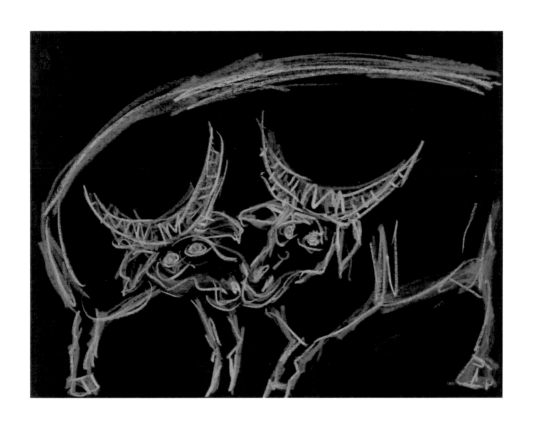

老鼠當家

老鼠當家，一定想要

好好表現一下；

好不容易的，十二年才輪值一次

等是等了很久很久呀！

要是我，我也要好好

好好，表現一兩下——

今年，春天一開始

老鼠的表現就很離譜，

把天下搞得大亂！

有朋友偷偷告訴我：

老鼠看起來，真的，

實在很不可愛！

（2020.02.20／04:55研究苑）

睡與醒之間

睡又醒，不到一小時——

鐘擺拒絕靜止的
左右，我在正中央；
時針分針秒針，交錯
在一個永恆的圓周——

1至12
不是距離，鐘擺
也不是
時間的問題，答案仍是
生生不息……

（2020.02.21／01:06研究苑）

春天，雨中行

春天，雨中行

風雨同行；

這不是常有的，

今天有，有風有雨走著山路～～

風，斜斜的吹

雨，斜斜的漂

傘，斜斜的擋

風雨天，影子不敢出門

我自己在雨中行，模仿

風和雨

走得歪歪斜斜，彎腰向他們

側身逆行……

（2020.02.22／17:25在舊莊等社巴回山上的家）

有陽光，風是綠色的

晴天，有陽光

我下山，城裡的人

也應該

走出來，曬曬太陽

走向山──

風，綠色的；我看到

陽光，鵝毛

我看到

芒草葉片，在搖

姑婆芋的大葉扇面，在搖

芭蕉葉垂掛著，也在搖……

風，吹過

都在搖

它們都是，綠色的

我看到！

（2020.02.24／17:00捷運板南過後山埤站）

死亡是不存在的
——是你哲學命題的練習之一

全世界，肺炎疫情

仍在蔓延，

每晚

走入睡眠之前，你必需

訓練死亡

這是很不容易的事實；

首先，你必須放棄

並且遺忘

所有的過往，包括

即將面臨的一切想法；

你可以想像，假設

死亡就是

——什麼都不知道；

你就可以完成，一件

美好的事，它就是

一場日常的睡眠——

夜夜都在進行；

然後，真正走向死亡

死亡，就是：

你什麼都不知道，

也不必知道……

（2020.02.25／00:50研究苑）

那背影，是一座山
——是你哲學命題的練習之二

不是送行，是面對未來

必定會來；遠遠走來，

遠遠走去，

我們都坦然面對；

那座山，你就想像

它就是你

未來的背影，也許

還在雲霧中，

也許雲層只是淺淺，淡淡

只是

薄藍的遠方，

也或許，不會太遠——

總之，是看得見

又不很確定，你是否向前走

走在那向更遠的

真正的遠方，

一回頭，一轉身

我們都會看到

自己的年少，陌生的從前

或熟悉的現在，都會

逐漸走遠

有一天，我們都會抵達，那座山的背後

走進淡藍的雲天⋯⋯

（2020.02.25／08:09研究苑）

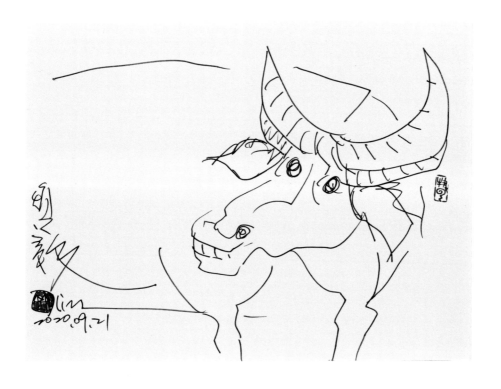

下雨天，怎麼說

下雨天，怎麼說？

有此一說；

我說你說他說，

大家輪流說——

太陽說：

我每天，天未亮

就要起床，

太累太累太累了！

今天，我一定要請假！

雲說：太黑太厚

太重了，我揹不動

好累好累好累呀！

今天，我也不幹了！

雨說：有病毒，

有新冠肺炎病毒，

很毒很毒，太毒了！

一天兩天三天，

我天天都被你們關著，

太悶太悶太悶了！

我今天一定要出去，

透透氣！

下雨天，他們都替自己

找到了一個好理由，

那我該怎麼說？

月亮怎麼說？

星星怎麼說？

我想，我在做夢

我在夢裡，

我什麼都不能做，我應該

安安靜靜，

躺著

聽他們怎麼說，

繼續說……

（2020.02.28／01:42研究苑）

童年，紅色的小蜻蜓

我的童年，沒有長大
一直留在鄉下⋯⋯

他，常常會在綠色稻田中
出現；我的紅色的小蜻蜓，
也和我的童年一樣，還在
我童年的鄉下；

鄉下，是農村
農村有綠油油的稻田，
稻子抽穗之後，我就有機會
看到各種小蜻蜓，在上面飛；
不是很多，屬於紅色的
更少；我對紅色的小蜻蜓，
特別會關注，牠們
在綠色稻田中，我認為
牠們就是我的；

當然，我不是說
我要去捕捉牠們，
我只是說，我的眼睛

會一直看著牠們，

飛飛停停

我會像做夢一樣，

自己也變成了

紅色的小蜻蜓，和牠們一樣

整天都在

即將變黃的

稻穗上，飛飛

停停……

（2020.02.29／05:06研究苑）

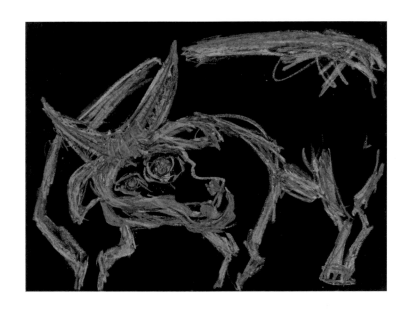

有陽光，正好

櫻花是排隊來的嗎？
有陽光，正好

三月，吉野櫻八重櫻
都盛開，她們在樹上
很開心，每一朵都在想
凋謝之前，要如何變裝？

大家都約好，要穿最美的
芭蕾舞衣和舞鞋，
在跳下去之前，都要準備好
最優雅的舞姿，在著地時
完成一支最時髦的
櫻花之舞，
向春天的女神說
謝謝，櫻花的春天！

（2020.03.07／13:31社巴剛抵達昆陽）

禪思，人間事

要是今天，沒有
陽光，
我該走向何處？

關門關窗關戶，甚至
還把自己心扉，關閉；

用文字，能捕捉什麼
所有思緒，都是空洞
比死亡還深，還要抽象

午夜零時，
我必須向下思索，人間事
可離可棄，不離不棄⋯⋯

（2020.03.09／09:42研究苑）

（人間福報刊載）

空／禪

禪，可以選擇——

記住一些，

忘記一些，

放下一些，

最好是

全部放下……

（2020.03.13／19:39研究苑）

禪，什麼

禪，未必告訴你什麼；

什麼什麼，你可能已經有了，

而你不知道……

（2020.03.13／研究苑）

禪／問

禪，不說話

我向內心問我自己：

你聽到了什麼？

（2020.03.14／10:10研究苑）

禪非禪

如果我說是，他說不是？

誰是？誰不是？

（2020.03.14／18:06研究苑）

禪不禪

錯就錯了，哪有不錯？

錯錯錯；我們都在錯中錯！

（2020.03.14／18:06研究苑）

禪未禪

人間人世，世事人事；

世世不清，清清能如水嗎？

（2020.03.15／10:00研究苑）

禪即禪

說或不說，最好是什麼都不說；

你說了，誰聽到呢？

（2020.03.15／09:45研究苑）

詩，也被確診

老鼠愛作怪，今年

新冠肺炎是否與牠有關，

我不敢隨便亂講，

讓學者去研究；

十二年才論值一次的牠，

真的很不容易，我不要隨便

把最壞的都推給牠！

不過，我還是要說說牠

為什麼偏偏是

在牠值年的時候，

全世界都亂了套，甚至

西方人還怪罪我們東方人，

見了我們黃皮膚，就直指著說：

病毒！病毒！

連我們的詩，也都被確診了

字字都要戴上口罩……

（2020.03.19／19:35研究苑）

因為不在

因為不在，再遠

就因為有理；

我打哪裡走來，那裡即是

已知和未知；

我打那裡走過⋯⋯

雨，一陣陣追趕

又必須在擊破雷聲之後；春分

每一陣春雨都有雷聲帶頭，引路

今天會有多少雷聲，

我已數過三四回；

相隔多久多遠，再遠也不過

剛剛才響起，

從何處打來，

天空那麼大，沒有烏雲標誌

東西南北，再遠都在

同一個春天，

同一個天空⋯⋯

（2020.03.27／07:45研究苑）

最後封棺

戴冠的總有特權，

二話不說

有意見，先封口

再不好好聽我，就封城封國……

如果還是有心無意，就封心

最後封棺！

（2020.04.01／18:57社巴剛進研究苑）

你不走，我走
──致新冠肺炎病毒

春雷又響過幾回，

淚，又下個不停⋯⋯

一月二月三月，都走了

四月也已跨出了第一步，

我的朋友的朋友的朋友的朋友的朋友⋯⋯

認識的和不認識的，他們和她們

本國的外國的，

中國的美國的，

韓國的日本的，

義大利的，西班牙的

幾十千幾十萬的人，都走了

你，新冠肺炎病毒

花冠都早已為你加冕，

也早早為你整裝，加上皇袍

你是已夠風光，已夠體面了

在人類史上，你已足可留名

千千萬萬億萬年，

你，為什麼還不走！

你不走，就是不走嗎

今天不走，

明天不走，

後天

後天也不走嗎？

那我，我我我——

最後，還是我我

我走好啦！

（2020.04.02／06:03研究苑）

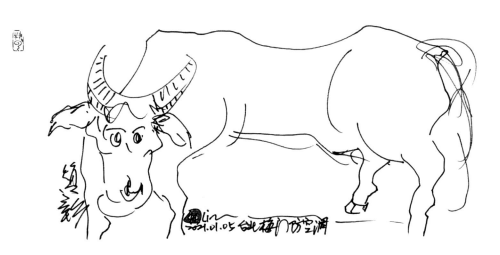

蝙蝠，什麼都不是

是禍是福，蝙蝠純屬無辜

誰知道？牠總是

倒吊著睡覺，

也可能不睡，或裝睡……

這就不簡單；

不簡單，有可能等於陰謀

陰謀也等於有可能——

要不為什麼總是

自古以來，都要

躲在陰暗的洞穴裡，

不見天日？

蝙蝠，牠像老鼠嗎

有幾分像

可又有獨特的翅膀，

一張開，就是一把

黑色的保護傘，

保護牠自己；

能飛，又不屬於鳥類

你見過嗎？

牠在太陽底下飛？

蝙蝠，牠應該是
只像牠自己，
什麼都不像，也不必像
像牠自己，就是蝙蝠……

是禍是福，這回COVID-19，在武漢爆發
蝙蝠的確是惹大了！
全世界的人，人人
都在怪牠！

（2020.04.03／00:19研究苑）

新冠，每個國家都參賽

2020；這世界

太無聊了！

不知誰下令

每個國家，都要參加

規定外出都要，戴口罩；

因為，有太多人——

白皮膚黑皮膚黃皮膚，

不黑不白不黃不紅的……

都一樣，到處趴趴走

正好，碰到我們肺炎病毒

最愛藉機會滲透，利用各種方式

進入人類肺部，擴大發揮再生潛力，

隨時可要人命，所以

就有腦筋動得快的，

想出這個有趣的遊戲：

舉行一場無國界的集體「暗殺比賽」——

這場國際性超大型活動，命名

「21世紀COVID-19新冠病毒加冕大賽」：

凡能致人於死的病毒，

都可立即獲頒

「新冠」永久榮譽！辦法一公佈，

在世界各國滿天飛舞的病毒，

個個都士氣高昂，

誰也不輸誰，一起活躍起來——

每天，我們一翻開報紙

就能看到

「全球新冠肺炎疫情」表，

詳列：確診、死亡、治癒人數；

現在請看死亡數字*，

依序是：

義大利13915

西班牙10935

美　　國6058

法　　國5398

中　　國3322

伊　　朗3294

英　　國2926

荷　　蘭1341

比利時1143

另外一千以下的，我們就暫時不提；

當然，其他國家

還是有機會上榜⋯⋯

敬請期待！

（2020.04.04／17:17在昆陽等社巴起草／回研究苑完成）

*附註：死亡數字見2020.04.04聯合報A5版報導／截至4月3日晚
　　　間8時。

睡眠兩段式

00：00我的

第一段睡眠要開始，

我向妳道晚安；

03：20我醒來，

05：05我要進行

第二段睡眠，

我向自己說，早安

08：04我再次醒來，

結束兩段式睡眠，

我向妳道早安……

（2020.04.08／08:40研究苑）

卷三

詩，轉身——

轉身，就是一輩子／詩寫一個人的人生；

夜是屬於──

想，我在想
我在想一個人，還是
一首詩？

夜是，屬於貓頭鷹的
我是，牠的同科；
夜也是，屬於我的
我，可以不用睡覺；
不睡覺，我就賺到了
白天不能做的，我夜裡就能
專注的想她……

她，她是誰
她是一個祕密，我沒有權利說出
她的名字，她
這一生，她就佔有了我的生命
我還得聽她的，她要我想她
我就不能不想；想是幸福的
當然，想也是一種折磨──
想，不一定就能圓滿
想她，她不一定會理你

夜深，想想就好——

想想，你就必須和貓頭鷹一樣
整夜不要睡覺，整夜
都要，用想的
陪她……

（2020.04.11／11:22研究苑）

我的時間

我的時間，有皺紋

我不知道

它的年齡；

老不老，無關

深不深，無關

我只是想：

白年百年，之後

它還會是

我的時間嗎？

（2020.04.21／02:48研究苑）

心中，風中雨中

走過就走過吧！
妳又何必再回首？

雨是妳，風是我
走過就走過吧！
妳仍在我心中，
不曾走出心外，心外還有
更多更寬更廣的風──

走過就走過吧！
千年萬年都還在──
風中，雨中……

（2020.04.22／12:22研究苑）

禪，戲說

禪，我什麼都想知道

禪，我什麼都不知道

禪，戲說最後──

我什麼都不想知道！

（2020.05.03／16:58北美館）

媽媽星

再遠再遠的遠方，在我心裡
再近的，再近的
也在我心裡；我在想

我想過的媽媽，在遠方
在日夜想著的天上的
一顆星，她就是
媽媽星

我這樣想著的時候，
媽媽就立刻
回到我心中——
再遠，再近，
都在我心裡

*附註：原題〈再遠・再近〉，收入槑川主編《穿越雲朵的河
　　　流》，秋水詩社印行，2019.12.版。

假設，就是真的
──人類要謙卑，人與人要相親相愛，
　國與國要互助合作……

假設。就是真的，

今天，是我的告別式

是臨時決定的；訃聞

來不及發，如果你已經

登記要來

我會為你準備好，你的椅子

但是，你不必真正

坐在上面，

跟所有親朋好友一樣，

可以空著，我會

把每一張椅子

整齊排好，

你不用擔心，不會有人

搶你的坐位，

因為，新冠病毒疫情關係

你不必在場，我不會介意

這是一個人的一生，

一生只會有的一次；我一定會

為你著想，

同時，我還會把你

送別的誠意

牢記在心，帶到

我要去的遠方，遠方再遠

都不是問題；問題只在

戴冠病毒，牠們是無數的

比我們人類都多億萬倍，

如果是一對一

牠們都足夠對付我們

當前的全人類；現在

美國人的死亡數，哪算是什麼

不必為他們哀傷，該為我自己

當下哀傷；這種盛況

不會有第二回，我只碰到這一回──

一回就夠了，我不會祈求第二次

做夢也不會有，生死

我相信

就這麼一回！

我是自由的，我來過了

這個世界，就值得

來這麼一次，

我來過了，確確實實

不是假設。就是真的──

（2020.05.13／14:17台北當代藝術館觀賞日本藝術家
新井博一、岡本有佳策展的《表現的不自由展》）

不選擇，我是路燈

不是想睡就能睡，我已經

站了很久——

不分畫夜；只是

白天

我可以偷懶，故意閉上眼睛

不是不想看，能看的

我都看；沒得選擇，

不選擇就是選擇，我選擇了

——我是路燈

（2020.05.16／15:05研究苑）

雨中行（一）

雨中行，行
不行

雨停了，留在樹上的
每一滴雨，都想了很久——

雨中行，行
還是不行

（2020.05.16／16:43南港公園）

雨中行（二）

雨中行，行
不行

雨停了，留在樹上的
每一滴雨滴，都學會了
思考——

雨中行，行
還是不行

（2020.05.16／16:43南港公園）

我在想

所有的翅膀屬於天空，
所有的魚屬於水；

我在想，非鳥非魚的我
該屬於空氣？

（2020.05.16／23:17研究苑）

水雕
——詩，靜坐冥思之一

水雕，雕我以無聲

水雕，雕我前世以無形
水雕，雕我今生以無痕

水雕，雕我於日月
水雕，雕我於時間
水雕，雕我於來世

水雕，雕我於未雕……

（2020.05.17／10:10研究苑）
（人間福報副刊2020.06.26發表）

333，三個m趴著

趴著，三個數字
大紅的
都是阿拉伯的
333──

一座鋼鐵大橋，
橫跨兩岸
從關渡到八里；三個
333，三個
mmm，構成一座
現代雕塑；

觀音，在那頭躺著
仰望
很清楚，祂是立體的
現代雕塑──
八里，永恆的美學
──真善美

（2020.05.18／01:29研究苑）

火吻
──詩，靜坐冥思之二

火吻，吻我自身

火吻，吻心紋身
吻我已知未知怎知

火吻，吻心紋身
吻我已死未生怎生

火吻，吻心紋身
吻我上天下地怎上

火吻，吻心紋身
吻我千千萬萬怎是

火吻，吻心炙熱
心身無名

（2020.05.18／08:33研究苑）
（人間福報副刊2020.07.09發表）

金定
——詩，靜坐冥思之三

金定，文定
要與詩文定三生三世；

金定，文定
要生生世世，誰來保證？

金定，文定
我自我要求，刻骨銘心

金定，文定
要海誓山盟，海枯石爛

金定，文定
要在有生之年，年年年年……

（2020.05.20／03:43研究苑）

（人間福報副刊2020.07.24發表）

木相
——詩，靜坐冥思之四

木相，木立站著
正直，只要活著就好；

木相，木有目
單眼直視，發呆；

木相，木有目
無口無言，無語；

木相，木無聲息
息息相關，相相環生……

（2020.05.22／08:21研究苑）

土土
——詩，靜坐冥思之五

土土，土土土
土也
地也

土土，土土土
不必在意，永遠
在眾人腳底之下；

土土，土土土
有土
堆疊成山；
最高成喜馬拉雅，
再低也能為海底世界……

土土，土土土
土也
地也……

（2020.05.22／22:52研究苑）

（人間福報副刊2020.09.18發表）

它們在開會

它們，我應該說
他們；我認為它們也是
有生命的。最少
我這樣認為——

他們，是一個小小的
物品聯合國；他們
有各自不同的語言，
各說各話。他們，有
帽子
眼鏡
內衣
內褲
外衣
外褲
襪子
鞋子
當然，還會有其他……

帽子，有帽子的語言
眼鏡，有眼鏡的語言

內衣，有內衣的語言
內褲，有內褲的語言
……其他的，也自然有
他們各自的語言。

他們在開會；這很重要，
首先，當然要
解決語言的問題——
這問題，還是先放下
因為很不容易，
尊重是必要的；
誰當主席，也是
很重要
什麼都很重要，
帽子是居高臨下，
能由他說了算嗎？

——現在，就請大家
動動腦筋，想一想
我也用腳想一想……

（2020.05.26／08:04研究苑）

影子的腳踏車

影子有影子，最重要的是
有光
影子有腳踏車，更重要的是
腳踏車有影子；

有影子的腳踏車，因為有我
我，我看到它們
不！它們
我應該說他們——

他們和我，我們是一樣的
有生命，有感情
有感覺，有情緒
有智慧……

我，應該稱他們
我，應該看重他們
不是它們——
是他們

我的貓說，尊重是必要的

它們，就是

他們……

（2020.05.31／04:06研究苑）

五行，蜘蛛之死

在暴風雨中──

我乃死之初次；
在自由與不自由
之間，選擇

──擺盪！

（2020.05.23／02:47研究苑）
（聯合報副刊2020.09.20發表）

高山上的明月

高山上的明月，知道

山裡的人家

山裡的人家，知道

山裡的夜晚

山裡的夜晚，知道

山裡的寧靜

山裡的寧靜，知道

情人的祕密

超乎情人的想像，真誠的

打開了，彼此的心扉

澈夜仰望

天上，明亮的月亮……

（2020.06.05／19:53新竹高鐵站／6/4魯壁A3的心路）

找時間，先說說時間

要找時間，先說說時間

說說時間，怎麼說
說說時間，剛才的時間
早已經不見了！
新來的，現在的時間
你認識嗎？搖搖頭，
你不認識，那你怎麼好
緊緊抓住人家的手，
又緊緊抓著不放呢？
你不緊緊的抓住他，
他不就更早早的溜走了嗎！
你還愣在剛才那個時間的路口，
愣頭愣腦，你怎麼能說說那個
已經走丟了的時間呢？
你怎麼能說得清楚，他的長相
是什麼樣
你怎麼能夠告訴人家，
時間的長相？

找時間，你要找的時間

是哪一個呀？

紅頭髮？黑頭髮？

白頭髮？長頭髮？

短頭髮？或者

不紅不黑不白，灰灰的

或者根本就是個光頭，

沒有頭髮！

你能說得準嗎？

你要說的時候，是哪一個時間

請你準確的說，說說

要不，我怎麼能幫你找

幫你把你要找的時間，好好

找回來……

（2020.06.12／05:03研究苑）

卷四

蝴蝶三夢

蝴蝶有夢，應該很正常／第一個夢，她就很驚嚇

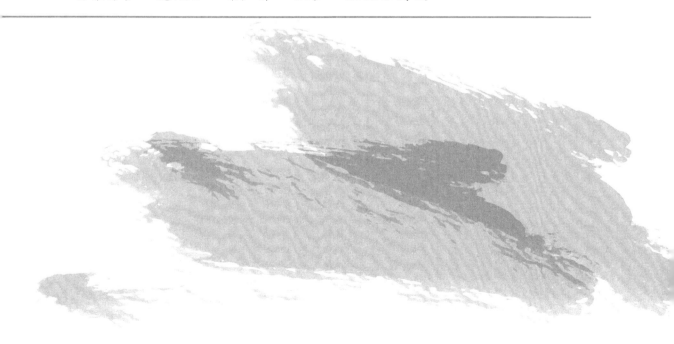

蝴蝶三夢

蝴蝶不做夢，好像很奇怪……

所以，我應該要做夢

1／第一個夢

蝴蝶有夢，應該很正常

第一個夢，她就很驚嚇

小時候，我怎麼會是這樣

全身毛毛毛，

誰看了都討厭！

太不可思議了，

──我是毛毛蟲！

我，馬上被自己

嚇醒了！

2／第二個夢

飛，是很重要的

如果沒有翅膀，那要

怎麼樣？

在夢裡，我最喜歡

親近花

整天躺在花朵上；

左右都有，上下都有

甜甜的，我就睡著了

真好！

我要，常常做夢。

3／第三個夢

蝴蝶夢到，整天

整個春天

都可以在萬花叢中，飛舞

她告訴自己說：

下輩子，如果還有

下輩子

我願意，再當蝴蝶

先作作毛毛蟲，

我也要

我也要……

（2020.06.23／23:37研究苑）

我愛，對牛彈琴

牛，看來笨重

牠老實，永遠也不會在乎

你嫌牠笨；牠照樣

該做什麼就做什麼，而且

都是為人家做，不為自己

對牛彈琴，古人說這句話

有偏見；其實，

牠喜歡安靜，我也喜歡

安靜

愛好古典，越古越好……

古典，才算文明

古典，才是享受

（2020.06.28／10:51研究苑）

楓樹家族

楓樹家族都愛旅行，秋天
是他們旅行的季節；他們，
無所謂疫情管制，
誰又能管你那麼多！
旅行季節一到，
大家一準備好，就一窩瘋
往外跑！
他們穿的衣服都一樣，
就愛穿金黃色，像貴族學校的制服；

他們一早，從我家門口走過
也總是喜歡，留下金黃色的
五角型的腳印，要告訴我：
哈囉，我們去旅行了
明年春天，才會回來……

（2020.06.29／14:41捷運台北站）

烏雲，無聊的種種
——謹向法‧亨利‧卡蒂耶‧布列松致敬

誰發動戰爭，誰就是

歷史罪人！

烏雲正準備下雨，

整個下午，風卻

閒閒沒事

遠遠，悶雷有意無意

響著，想湊熱鬧

可沒人理他；

閒閒的，鬱悶

夏日午後，

從一種關係

到另一種，我沒太在意

可有可無；包括文字，

聲音，就不必說了！

攝影也是繪畫的方式之一*；

我愛躲進美術館，

布列松在中國，

1948、1949、1950……
已是歷史，都是歷史
上一秒，下一秒
都在時間之外，
我獨在我自己心中，一個
暗暗的角落，
孤獨寂寞，能省則省

歷史在哭泣，誰在哭泣
誰不哭泣，
你聽到了什麼？什麼
被你聽到？
多少過去，多少雲煙
你呼風喚雨，你高興
你偉大？偉大是
不管別人死活，
家破人亡，流離失所
餐風露宿，有一餐
沒一餐……

毀掉一個國！

毀掉一個家！

毀掉千千萬萬的人……

從一個中國，到另一個

中國

從1949，

到1959，

到1969，

到1979，

到1989，

到199999……

你還在嗎？

家還在嗎？

國還在嗎？

地球還在嗎？

時間還在嗎？

………………

（2020.07.01／08:40研究苑）

*附註：布列松語。

2021.02.10 / 23:50

弓背的橋

弓背的橋，辛苦了

日夜挑著

兩岸的土地；包括

地上

所有作物，和每樣建築

人，密密麻麻

又算什麼，只不過是

會走動的螞蟻；

火車汽車，各種車輛

也算不了什麼，

都算是玩具而已！

橋，背是彎了

駝了，沒錯！

我說他是一個

了不起的，辛苦的挑夫；

他的力氣，巨大無比……

（2020.07.03／04:15研究苑）

夏日午後

不錯，雷聲有大有小
聲聲入耳，
我聽到──
雷聲之後，不一定有雨
要看它，高不高興；

要是下雨，接下來
大珠小珠，落池塘
珠珠接住，
珠珠是寶，
圈圈漾開～～～

池塘是笑開了，誰說
下雨不好？

（2020.07.04／19:54昆陽便利商店等社巴回山區的家）

雲遊，七天九天之外

雲遊，九天之上

必要的。不必要的，
似乎都要；

去雲遊。去七天，
去九天，
去山，去海
去山海，
去日月……

最終，還是會
回到心上；我
什麼都不帶……

（2020.07.06／13:35研究苑）

時間，我走過

時間，我走過
未走的空間，
時間會陪伴我；

總有孤獨的時候，
時間空間
總會在左右，他們也有他們
存在的時間和空間；

我走回我自己的孤獨，他
不一定要認得我，
我也沒有忘記他，
老朋友，自是不必計較；
誰跟你是老朋友？

時間，不用繞來繞去
他，可以一直往前走
一直走
我也不可能留在原點等他；原點
是我的原點，
原點是嗯哈哼哼哈哈，
哼哼哈哈哼哼哈哈……

（2020.07.08／13:45由三總出來，在521公車上）

初鹿，麑鹿迷路

盛夏，在台東

台東，有初鹿

台東，有鹿野

沒野鹿

我不是麑鹿，我迷鹿

鹿鹿迷人，路路迷我；

繞過一圈，再繞一圈兩圈三圈

我故意要迷路，

我想找野鹿

也想找出路，再找

還是鹿野，

左找右找，又找再找

還是鹿野，還是初鹿

我真的是迷路了，乖乖的

自己變成一頭呆呆的

麑鹿！

（2020.07.16／台東）

海，地球只有一顆

地球只有一顆

心臟，海

日夜波動著～～

我睡在巨藻生長的深海底*，

心海一夜未眠……

（2020.07.19／07:00屏東海生館）

*附註：巨藻，或稱黃金巨藻，也稱大浮藻等；生長於深海，溫
　　　帶海域，一天能生長30公分，孢子體可長達數十至百米
　　　以上，可使藻體浮在海面；分布於美洲西部、大洋洲及
　　　南非沿岸。

天上的雲

天上的雲，不會有兩朵
一樣的；
我在看雲，
雲會看我嗎？
我的貓說，你別傻了
想想就好。

是的，想想就好
我也是
常常想想，就好；
凡事都不要勉強──

有一天，該有的
就有了
我的貓，我心愛的貓
牠懂得愛我，
我也認定牠，就是她
她就是我的……

天上的雲，每一朵
都有它們的方向，

每一朵

都知道，該順著風

今天要去哪裡

就去那裡；

不要傷腦筋——

（2020.07.23／08:31研究苑）

今天的我

天上的雲，不會有兩朵一樣……

今天的雲，不是

昨天的雲；

今天的海，不是

昨天的海；

今天的遊客，不是

昨天的遊客；

今天的空氣，不是

昨天的空氣；

今天的心情，不是

昨天的心情……

我每天都要告訴我自己：

今天的我，就是

今天的我。

（2020.07.19／15:15屏東海生館）

詩，轉身——

轉身，就是一輩子

詩寫一個人的人生；

我寫著我的自己，入睡之前

誰也不知道，今晚會睡到

睡眠的第幾層，回不回來

能不能回來？

要不要回來？

怎麼回來？

詩，轉身

我早已忘光，我的來時路

我只知站在一處

不名的渡口，或許是

時間的渡口

我希望是；時間的

渡口……

（2020.07.29／08:24研究苑）

詩，回頭──

回頭，我已走過

走過不等於

不必再走；走與不走，

誰來決定？

在時間與空間的

十字路口，

我選擇了

思考，去或不去

不棄的不去，是一種短暫

永恆無常；我練習回首

再回首，練習無憂

練習自在，

也練習不在；或無所不在

詩，回頭──

我習慣不再回頭，

回頭已過

萬水千山，千山不在

千山，在千山之外……

（2020.07.29／23:03研究苑）

我的月份

八月的第一天，／我生日的月份的開始；

八月，我的月份

今天，我沒有忘記
八月的第一天，
我生日的月份的開始；

有美好的開始，非常重要
我的貓說，我是兔子
溫順的兔子，我有福氣
是媽媽給的，讓我可以穩穩的
坐在獅子座上，
獅子會保護我，讓我
一生健康平安，讓我
可以有較多時間，為更多
有需要的
大朋友，小朋友
寫詩。是的，
我活著的時候，
我會認真寫詩，直到
停止了呼吸，
獅子都會陪著我，這是
可以肯定的；
我的貓說，這事
是可以肯定的。

（2020.08.01／09:31研究苑）

130

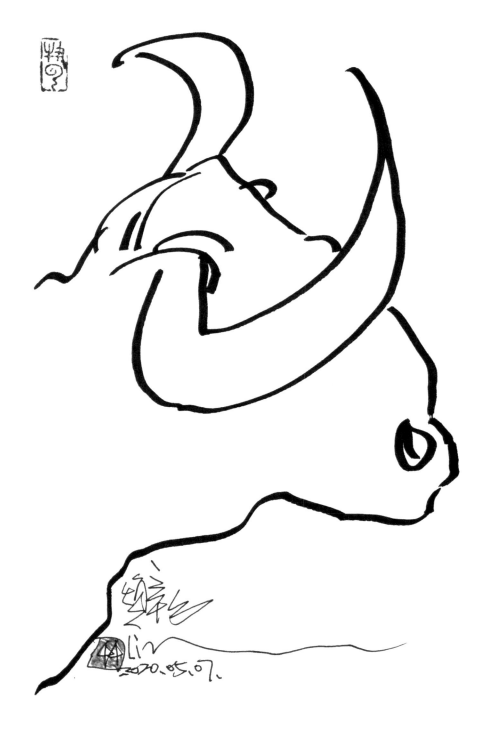

世事紛飛

風風雨雨。我的貓
躲在我心裡，
牠告訴我，當然
是不要讓別人知道；
世事紛擾，要我
只管我自己
我知道，牠是愛我的
也愛牠自己；我們
互相愛著，
我們必須愛我們自己……

我，不能管太多
世事；
我，只管好我自己
認真寫詩，
不要讓我的詩，失望；
它要有人喜歡，喜歡讀它

我的詩，必須是純的
百分之百
純，不要有雜質

不要有是非；

是是非非，誰是誰非？

我不懂，我很難過！

（2020.08.03／15:48風雨暫停，研究苑）

月亮，天空的眼睛

月亮是天空的

晚上的眼睛，

你看到了嗎？

睜一眼，閉一眼

看不到的，就算了……

永遠

睜一眼，閉一眼

天空，晚上的眼睛

我看到了

天空

星星很多，我永遠數也數不清，

就不要數了！

這輩子，就這樣

哪樣

做不到的，就不要再勉強……

（2020.09.10／01:34研究苑）

奔馳！再奔馳，不是問題

不是距離，
不是問題；

奔馳，奔馳，再奔馳
都不是問題！
牠們，不在蒙古高原
不在腳下，都在
心上
喀哧，喀哧，
都只是起點——

奔馳，奔馳，再奔馳
在我心上的高原，不在蒙古，高原
不在
喀什米爾，都已三萬八千公里
喀哧喀哧……
呼倫貝爾大草原！千里萬里，不在話下

不是問題！
不是距離！

（2020.09.22／06:31研究苑）

夜裡的想／睡前的想

想，想我夜裡的想

睡前的想

我用心，裝進我的極機密

一首詩的開始；沒有文字，

沒有雜質，只是想

想

想，極機密的魯壁

想，想南寮的海邊

在那風中的豎琴橋；

想，想那最南最藍的旭海，想

想那深山裡的清泉細瘦吊橋；想，

還有什麼還沒想，想

想，不在英倫的康橋

想，想我們心中自己搭建的康橋

想，想，想

想我睡前我還能怎麼想？

想我睡前，用心裝進的

極機密的密碼……

（2020.09.30／07:54研究苑）

我走過，我走走看看……

我走過，我

走走看看

我，走過

我才有機會多看看；

我走過，我看到了什麼

我走過，我想到了什麼

我想到了什麼？

我可以做些什麼？

我給我機會，我知道

我可以做什麼；

我做了什麼，對自己有什麼好處？

我做了什麼，對這個國家社會人類

有什麼好處？

我在想什麼？

我還可以做些什麼？

當我什麼都

不能想，不能做

不會做的時候，

我還能算是我嗎？

我還能算是我還活著嗎？……

（2020.10.03／05:56研究苑）

卷六

密碼和密語

屬於愛情；我們呵護，／用心密封，／藏在極機密的密碼裡；

極機密，密碼和密語

機密，極機密

極機密的密碼和密語，

屬於愛情；我們呵護，

用心密封，

藏在極機密的密碼裡；

極機密的密碼和密語，

藏著0915／0816；不只是數字，

也非天文

只存在兩顆心裡，祕密解讀

我不會存心故意

把它遺忘，

極機密的密碼，密語

有極機密的解讀方式，

唯一的一種解讀，宜於用一個字；

你懂我懂，你開了

不行，

我開了，不行

我們一起開了，

同時打開了

才行……

（2020.10.04／05:03研究苑）

想想，有什麼不好

想想，有什麼不好？

想想，有什麼好？

想想他們，可以說

是兩個好朋友，他們經常會有機會

會在我的腦海裡，

聚在一起……

想想，是標準的想

想想他們

總會往好的方向去想；

想想，有什麼不好

想想，想想不好的

都會變成好的；

想想，總該好好的想

想想，往好的方向想

就是最好的想……

（2020.10.07／12:35研究苑）

海，永遠年輕

海，永遠年輕
我猜想著，她——
只有十八歲

海，她經常穿著
透明的
水藍的長裙子，要說
有多長就有多長～～～

我猜想著，海
她永遠是
只有十八歲；十八歲的
每一天，她都
活力充沛，整天都在
跳舞，日夜都在
跳舞……

海，她真的
每天都很快樂；她跳的舞，
日夜都舞動著全身，
包括她長長的頭髮，長長的

裙子

水藍透明，永遠都是

青春活潑，永遠都

把長長的

裙襬，掀得高高再高高放開～～

因為，她永遠都是

十八歲

我也是，永遠都是

一十八！

　　（2020.10.14／11:40國立台灣藝術教育館初稿／23:19
　　　　研究苑完成）

解讀，龍潭湖面的皺紋

龍潭湖有多老，龍潭湖面
全是皺紋～～～

風，從湖上經過
它想解讀它，它想
它自己都老了
老了，老了，就不知
歲月如何丈量！

我佇立湖畔，半天
已經夠久了！
一天兩天三天四天五天……
就更久了，我無法讀懂它！

我站在時間之上，
我，忘掉了時間
時間，對龍潭湖來說
時間，已經沒有時間了
時間，已經
不是時間……

（2020.10.20／04:28追憶10.16午後在龍潭湖畔沉思；龍
　潭湖位於礁溪、我故鄉一個山麓下，幽靜的景區。）

孤獨的重複

站在路邊，我
不會移動

儘管日會來，夜會去
儘管夜多漫長，日有多少
我重複我的孤獨；孤獨是
活的，孤獨重複孤獨

我重複，我的孤獨……

（2020.12.03／18:39回山區的645公車上）

會移動的樹

我是一棵樹，一棵

香樟樹；

我選擇移動……

在雨中

我會移動；我選擇

做自己的傘……

我是一棵

會移動的樹，在雨中

我選擇散步……

（2020.10.22／08:40研究苑）

（中華日報副刊2020.11.27發表）

心想・心相

想我自己，向內心想

我必須

先向自己坦誠，我做了些什麼

我什麼沒做？

我該好好養心，好好做些什麼……

想想，沒什麼好想

還是得要

自己認真想；我有活過了

是活夠了嗎？

頭髮全白了！

頭髮，全掉光了！

（2020.10.27／22:40研究苑）

大鵬在天之夢

作為一隻鳥，我可以化作
一片雲，又成為一隻
鳥
作夢我都不敢想像──
也不必想；

說不想，我又一直想一直想
怎樣把翅膀展開，再展開
我從未想過的
整個天空，都會是我的
我也從未有如此野心；
我只是想，有翅膀的
應該怎麼應用；從一開始
我還在做夢的時候，我夢中的我
就告訴我，你要抓住機會
翅膀就是，屬於天空
天空就是，屬於你的

所有的鳥都會做夢，
你是
屬於大鵬鳥；你是

沒有國界，你只有

屬於你自己，

天空必定是屬於飛翔，

你也不再屬於你自己，你必須

聽祂；再遠再累，

有翅膀

就必須使盡全力，

用心飛翔……

（2020.10.29／21:04捷運板南線正抵達昆陽）

白鷺在老街溪*

老街溪，多靜多老

溪水日夜，潺潺

時間日月無聲，縹緲；

晨昏，白鷺忽上忽下

忽起忽落，忽左忽右；

白鷺，忽高忽低

忽隱忽現

我在老街溪，養心

養禪，我在

哲學步道，

我在，禪之步道……

（2020.11.02／05:13研究苑）

*附註：老街溪，位在桃園青埔；入秋，日夜晨昏，白鷺聚集成
　　　千之上……

那棵老龍眼樹

去了山裡的人，沒有回來；
路邊那棵老龍眼樹，我沒有問它
見過誰，誰是
山裡的人……

那天之後，有個老問題
一直懸掛在老樹上，我看到
每顆龍眼，都眼睜睜的
看著他走過，走遠
始終沒有回來……

（2020.12.02／22:36整理02.15／00:20一則舊札記）

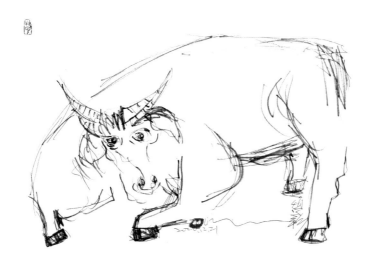

我和山和海

山是安靜的，海
滔滔不絕，他是健談的
我不是他的對手，也不能老是
作一個聽話的人；

至於山，一個永久的
老朋友
他是超安靜的，我常常
會主動去拜訪他，他安靜
我安靜
面對著他，坐上半天或一整天
都可以；
我安靜的向他學習
靜坐，入定
要是能找到禪，更好；

山和海，其實我都應該
向他們學習
靜與動都有他們的必要，我也有
我的必要

活著，就是活著

我需要經常動一動……

（2020.12.09／10:43區間車由中壢去新竹途中）

寫一首詩

寫一首詩，沒什麼
或許可以
練習哭；要是哭不出來，
改作
練習笑，用力大聲笑
讓眼淚擠出來！

從呱呱墜地開始，
那哭聲已是很陌生，
沒有要你熟悉它，
那是負面的，可你得要練習它
太久了！也很不好意思，
我怎麼可以哭？

這是什麼世代，代代都有
假借正義，行不正義之權威
代代都有，多行不公不義
這是什麼世代！

（2020.12.15／13:20社巴下山途中）

我是獨行者

上山，下海
我是一個獨行者。我的貓說；
其實，我不只是
我自己一個
我還有另外一個我，一起同行

孤獨不會只是單一的，
總有其他不同形式的伴侶，
我的行走，一直是
不會孤單的

我的貓，牠會知道
最是孤獨的時候，
我還會有詩；沒詩的時候
我還會有貓，用畫的
不只一隻，可以
一隻隻
靜靜窩在我心裡……

下海，上山
我是標準的獨行者。我的貓說

不必多說，能說的

都只是看得見的

你和我，看不見的

我內心的我

真實的孤獨，你能看得到什麼？

我只能告訴你

真實的我是，單一的

形體上的，獨行者……

（2020.12.15／18:36社巴回山區途中）

喜怒哀樂空與禪（三行10首）

1／喜

人生的第一聲
哇哇墜地的時候

宇宙天地，全都亮了

2／怒

雷打的，霹靂啪啦
眾神駕到

天空身心俱裂……

3／哀

爺爺奶奶都走了
我還有什麼，什麼的什麼

什麼，還有什麼……

4／樂

我可以大魚大肉了

胖瘦由我⋯⋯

胖瘦，我可以胖瘦

5／哭

如果只有笑，人生
何必人生

痛痛快快，我會重來
人生，人生，有死有生

6／笑

只有哭過哭夠我才真正懂得我活著

我活著，活著我的活
是死過之後⋯⋯

7／不

男歡女愛，極機密的遊戲
一生多長，你我有多久

珍惜真愛，情何止一字了得

8／得

沒有才是有，我有很多沒有

我沒有的；

這世間，都不是我的有……

9／空

宇宙什麼都沒有，大氣

對流，地球是一個

生物；

它會照顧自己……

10／禪

佛沒有說，你自己想自己說

人間天堂，上上下下

悟為吾愛吾心

（2020.12.18／12:12研究苑）

雪也要避冬

今年冬天，雪都去了南方。

我的青島的朋友，用微訊

告訴我，今年冬天

北方都沒有雪的足跡；

雪也怕冷嗎？我從來沒有機會

問她，明天冬至

我希望不要錯過，

雪要是真正到了南方，

我要把握機會，牢牢

逮住她……

（2020.12.20／22:52研究苑）

在思想中行走

現在沒有答案，未來
也未必會有，答案；答答，
在我的思想中
關於
戰爭與和平……

牠，可以不用行走
我的貓
只要靜靜趴著，閉上眼睛
睡著都無妨；唯我在行走，
我習慣，習慣於思想中行走
沒有遠近問題，
只有行走

我，不再計較
說什麼都好，什麼
都好說
我只在乎，我的貓是我的貓
牠，理不理我
都不必在乎
這世界，這世代

從來沒有這麼自在，

如此自由；我已經明白，

我已不再是我以前的我，這是

一個原則

當然，原則這只是一個

原則的原則，

原則不會是一成不變；

我在思想中行走，

戰爭與和平，還是

存在的答案，未必存在！

（2020.12.23／16:56南港站）

心靈的終點

我每天都在路上，行走

在自己心上，

你時時都在我心上；

我對著我的貓說，牠在

我心上，我想牠

一定很明白

我時時都默數著，自己

在自己心裡的距離，

時近時遠，沒人會懷疑

我很大方的告訴我的貓，牠

永遠沒有心裡的距離；

我在行走，我不止走在自己心上

宇宙天地，浩瀚無垠，日月

日日夜夜，永不停的行走

我默數我自己

心裡的里程，即將抵達

未經設定的

心靈的終點

（2020.12.28／08:30高鐵新竹站）

【編後記】
詩，我活著的記錄
──牛年生肖詩畫集《好牛・好年・好運》

林煥彰

　　這本生肖詩畫集《好牛・好年・好運》，是我生肖詩畫集系列的第七本書；一年要為自己出一本生肖詩畫集，是我從羊年（2015）開始的，以當年生肖畫作為插圖，是我自己為自己許下的心願，希望能在十二年裡按順序、順利把十二生肖都畫出來；當然，自己就要能夠好好照顧自己，在晚年仍能年年可以正常寫詩，開心畫畫，並且也能保有一點小錢可以承購部分書，送給親朋好友，同時對長年支持我的出版社表達感謝之意。

　　今年生肖屬牛；我從二十歲算起正式寫詩，到今年我寫詩已超過六十年，自認為詩已是我活著的重要記錄；也或許可算是我的另類的一種日記，一種自言自語的記錄，也或許是一種自己看得見的心聲……所以，關於寫詩這回事，我是從未想過要停下來，也自認為在自己有生之年，無論如何，一定要求自己一直寫下去……

　　2020年，過去的這一年，同樣只有三百六十五天，我卻在這一年裡寫下最多的詩作，長長短短就超過了三百六十五首；實際統計，有三百八十餘首；這是歷年來我寫得最多的一年。收集在這本詩畫集裡的詩作，只佔去年我整年所寫的約四分之一；我習慣成人詩、兒童詩都寫。

我寫詩並未設定自己要寫什麼主題，心裡有什麼、想什麼，我就寫什麼。有關以下的一些不同系列的詩作，如：貓的詩、老鼠的詩、煮字詩、收集能量空氣、十二生肖，以及與城市路邊行道樹和老樹有關的「城市樹語」等，有關系列的詩作，我都沒有收進來。沒收進來的寫與貓有關的詩作最多，約百首以上；就整體來說，適合兒童閱讀的與成人詩相較，約三比一，為兒童寫的詩，算是最多的，好像我年紀越大，心境越想趨向單純，希望自己不要有太多現實世俗化的心理負擔；同時，因為我習慣使用淺白口語化的語言和明朗的方式來表現，主張不為難讀者，因此認真來說，我的詩作也變得不太分大人小孩，只要有興趣，似乎任何人都可以成為我的讀者。

　　我習慣詩寫心境，不刻意去寫什麼特定的主題意識；有什麼想法、有什麼感觸或感悟，我就設法當下把它寫下來；當然，不一定都能一氣呵成，寫不好不如意的常有，因此一改再改，是很平常的事，但無論如何，我都會很珍惜的把它們留下來，或稱為「半成品」的也有；對自己平淡的人生，它們還是有用的。

　　至於編輯這本書，我也習慣按寫作先後順序來整理；這是一種方便，因為自認寫詩是抒寫心境，我就不會刻意設定要追求什麼主題意識，心裡有什麼就寫什麼，自在就好，不好也是自己要負責的，這就是我的人生，所以我也不刻意分輯；所以，我的詩，就是寫我的所謂的小我的人生。

　　今年這個屬於牛年出版的詩畫集，我勉勵自己把小時候種田養牛、牧牛的生活經驗，憑藉久遠的印象畫下來，一樣是不計好壞，旨在完成自己的心願。

在這裡，我要感謝我很誠懇邀請的兩位貴人：《WAVES
生活潮》藝文誌總編輯朱介英老師和明道大學教授羅文玲老師
幫我寫序，他們平時都很關注我，也都沒有推辭，對我是很大
的鼓勵；我的感謝是由衷的，會牢記心裡，作為我繼續寫詩的
最大動力。秀威資訊科技公司，是長期支持我的出版單位，在
這裡我同樣要感謝宋總經理振坤先生和責編許乃文、姚芳慈小
姐，並由衷祝福他們……

（2021.02.16／09:50研究苑）

閱讀大詩47　PG2583

 好牛・好年・好運
　　　——林煥彰詩畫集

作　　者	林煥彰
責任編輯	姚芳慈
圖文排版	黃莉珊
封面設計	蔡瑋筠

出版策劃　釀出版
製作發行　秀威資訊科技股份有限公司
　　　　　114 台北市內湖區瑞光路76巷65號1樓
　　　　　電話：+886-2-2796-3638　傳真：+886-2-2796-1377
　　　　　服務信箱：service@showwe.com.tw
　　　　　http://www.showwe.com.tw
郵政劃撥　19563868　戶名：秀威資訊科技股份有限公司
展售門市　國家書店【松江門市】
　　　　　104 台北市中山區松江路209號1樓
　　　　　電話：+886-2-2518-0207　傳真：+886-2-2518-0778
網路訂購　秀威網路書店：https://store.showwe.tw
　　　　　國家網路書店：https://www.govbooks.com.tw
法律顧問　毛國樑　律師
總 經 銷　聯合發行股份有限公司
　　　　　231新北市新店區寶橋路235巷6弄6號4F
　　　　　電話：+886-2-2917-8022　傳真：+886-2-2915-6275

出版日期　2021年9月　BOD一版
定　　價　360元

國家圖書館出版品預行編目

好牛.好年.好運：林煥彰詩畫集/林煥彰著. --
 一版. -- 臺北市：釀出版, 2021.09
   面；　公分. -- (閱讀大師；47)
 BOD版
 ISBN 978-986-445-514-0 (平裝)

863.51   110012485